又见群山如黛 YOU JIAN QUNSHAN RU DAI

时代出版传媒股份有限公司
安徽文艺出版社

作者介绍

梁小斌，中国现实主义代表诗人，中国作协会员。著有诗集《少女军鼓队》《在一条伟大河流的漩涡里》，随笔集《地主研究》《独自成俑》《翻皮球》《地洞笔记》等。他的诗《中国，我的钥匙丢了》《雪白的墙》等被列为新时期诗歌的代表诗作；《雪白的墙》选入了《百年中国文学经典》、高中语文教材，1982年《雪白的墙》获全国中青年诗人优秀新诗奖；2000年《我热爱秋天的风光》入选全国通用的人教社高中语文教材第三册。2005年，梁小斌被中央电视台评为年度桂冠诗人。

又见群山如黛

YOU JIAN QUNSHAN RU DAI

梁小斌◎著

时代出版传媒股份有限公司
安徽文艺出版社

图书在版编目（CIP）数据

又见群山如黛/梁小斌著.--合肥：安徽文艺出版社，2024.9
ISBN 978-7-5396-7898-6

Ⅰ．①又… Ⅱ．①梁… Ⅲ．①诗集－中国－当代 Ⅳ．①I227

中国国家版本馆 CIP 数据核字（2023）第 257662 号

出 版 人：姚 巍
责任编辑：周 丽　汪爱武　　　　　　　装帧设计：徐 睿
....
出版发行：安徽文艺出版社　　www.awpub.com
地　　址：合肥市翡翠路 1118 号　邮政编码：230071
营 销 部：(0551)63533889
印　　制：安徽新华印刷股份有限公司　(0551)65859551
....
开本：880×1230　1/32　印张：6.875　字数：120 千字
版次：2024 年 9 月第 1 版
印次：2024 年 9 月第 1 次印刷
定价：69.00 元(精装)
....
（如发现印装质量问题，影响阅读，请与出版社联系调换）

版权所有，侵权必究

目　录

自序　〇〇一

第一辑　又见群山如黛

又见群山如黛　〇〇三

身世　〇〇五

一种力量　〇〇六

金鱼之死　〇〇八

敲击之声　〇一〇

融化到此为止　〇一二

扫帚记事　〇一四

红心山芋　〇一七

拎着眼镜走路的人　〇一九

绘事后素　〇二一

〇〇二　又见群山如黛

洗砚观止　〇二三

守望是怎么诞生的　〇二六

枯叶蝶　〇二八

独自成俑　〇三〇

非如此不可　〇三二

今夜的确有风　〇三四

开镰时刻　〇三六

童声有驻　〇三八

雨帘自省　〇四一

忏悔日记　〇四三

直觉　〇四六

雪白的墙　〇四九

不要打听树木的年轮　〇五二

中国，我的钥匙丢了　〇五四

在一条伟大河流的漩涡里　〇五七

这是我有生以来第一次绕到父亲

　背后　〇五九

小河到有水的地方喝水去了　〇六一

小板凳　〇六四

我热爱秋天的风光　〇六八

蓝色货币　〇七〇

鱼汤　〇七二

绕到世界背后　〇七四

第二辑　端详

端详　〇七九

蟋蟀与枫叶对弈　〇八二

一只手伸向方圆　〇八五

林荫证道　〇八八

谷粒　〇九一

龙舟息鼓　〇九二

秃头歌女　〇九四

瓜熟蒂落　〇九五

珍藏在召唤　〇九六

剩余的动作　〇九八

我的热爱所在　一〇〇

垂露双鱼　一〇二

河如果不流动　一〇四

鞋子掉落之处　一〇五

一根烧焦的木桩上落着白雪 一〇七

断裂 一〇九

哎哟 一二一

福祉 一二三

木屐少女所见 一二五

水中捞琴 一二八

量体裁衣 一三〇

说"玉"今夕 一三二

热爱原理 一三四

烙印记事 一三七

大自然，你为什么不躲起来 一三九

日环蚀 一四一

重新羞涩 一四三

诗友箴言举隅 一四五

第三辑　椅子思辨史

椅子思辨史 一四九

蚯蚓折骨 一五一

铁砣抱真 一五三

紧箍水之说　一五五

推敲新说　一五七

智慧庄园　一五九

笛卡尔之辩　一六二

哺乳说　一六三

化自然为国度　一六五

伪装成火焰的人　一六七

盐的成长史　一六九

充足理由律　一七〇

拨字传承　一七二

母语　一七三

留在硬壳外的抒情　一七五

痛觉始末　一七七

红砂石建筑群　一七九

敲击人的叩问　一八一

列夫·托尔斯泰　一八四

说"剑"　一八六

园丁叙事诗　一八九

诗言笨　一九五

最后一课　一九八

〇〇六　　又见群山如黛

　　为石头而活　二〇一
　　女画家之说　二〇四
　　修辞学遭遇　二〇六
　　精卫填海新说　二〇八
　　采菊东篱下新考　二一〇

自　序

收录到这部诗集中的大部分诗，先由我口述，再由诗友全神贯注地笔录完成。诗归根结底就是作者说出的话，终于变成一颗硕大的露珠。实事求是地说，这颗露珠来到我面前时已经没那么圆了，我的诗也如同这露珠。

把诗歌写作和人生经历区分开来，并不是我这个诗人的长项。有的时候诗歌意境和生活现象混淆而出，在我试图将它们分辨开来时反而混沌一团，就像我有意避开门洞里的雨帘而全神贯注地逃避，却被别人误读成了冲刺和迎接。

我始终认为，一个人发出的声音要引起别人的注意，说话必须分行。反过来说，要想隐匿于大千世界安度余生，再重要的思想也须注意不要分行。大隐隐于市，小隐隐于野。平心而论，我活在大道隐于市的学徒中，或许还没学到位。最后归结为一句置于案头的座右铭，一句不痛不痒的大白话："我活着，我写诗。"

如实道来，我有时也陷入自我陶醉的境况。比如说："融化到此为止"是谁写的？

这部诗集的口述部分，每一行甚至每一个标点符号都是诗友们经过敲击键盘完成的，这同样也是他们的敲击之声。诗歌的字斟句酌和最终定稿，反映了诗友王中朋和张培亮的耐心以及编辑品格。此外，我特别感谢张耀月和王长征先生为了诗集出版相关事宜终日奔忙。

定稿前夕，我不禁想起我的父亲，这是我有生以来第一次绕到父亲背后。同样，这也是我有生以来第一次绕到自己的诗集背后。

2023 年 8 月 1 日于合肥

第一辑

又见群山如黛

又见群山如黛

又见群山如黛
确有一道
散发松脂气息的木制栅栏
从山脚
我的脚下
向山顶延绵

扶持着那道木制栅栏
临近峰巅
我将青花围巾拴在围栏上
青花围巾里有诗
有别针别住那张纸

猜测跳崖的前景

〇〇四　又见群山如黛

曾经我和青花围巾往下飘
只恐半山腰的那棵树
只接住了围巾
却漏掉了我
确有一道散发松脂气息的
木制栅栏
临近峰巅
终被置换成一堵
雕栏玉砌
它已环绕着如黛群山

观群峰如黛深意
谨防群峰一个回闪
倒映于我
心底黑色沉潭

我偎依
我扶持
我也是一道能够站住的围栏

身 世

一颗晶莹的
露珠
滚到我的脚下时
已经
没那么圆了

一种力量

打家具的人
隔着窗户扔给我一句话
请把斧头拿过来吧

刚才我还躺在沙发上纹丝不动
我的身躯只是诗歌一行
木匠师傅给了我一个明确的
意向
令我改变姿态的那么
一种力量

我应该握住铁
斧柄朝上
像递礼品一样

把斧头递给他
那锋利的斧锋向我扫了一眼
木匠师傅慌忙用手
挡住它细细的光芒

我听到背后传来劈木头
的声音
木头像诗歌
顷刻间被劈成
两行

金鱼之死

整个下午
头颅都沉浸在
碗柜的黑暗里
意在寻一点鱼食
喂那玻璃缸里的
金鱼

窗外
有一枚愤怒的苹果
砸向鱼缸

在鱼缸破碎之前
金鱼掉头看我

接下来的情景是：
水和金鱼
流向门缝
金鱼的身体是
流过去了
但它那硕大的眼球
却被门框挡住了

现在仅剩下
一个硕大的眼球
在看我

又见群山如黛

敲击之声

强大的意义如同叮叮当当的声音
传来，我在书店旁边买了
一只豆沙馅饼作为早餐
我继续听到这种声音
我往前方走
那叮当之声节奏时快时慢
显然是经过考虑之后敲出来的
它并非自然之声
我一时找不到这敲击之声的
来源，仅从声音的律动
也很难听出那是在敲击什么

我几乎已经走进办公楼大门
我撞见了一位同事

他说,他去看看菜刀打好没有
顺着同事的背影望去
铁匠铺躲在两幢办公大楼的阴影间
铁砧上躺着一个火红的铁块
菜刀的外形还没有出来
我在自己的办公桌前坐稳后想
这个打铁人头脑里
肯定有一把火红的菜刀在跳动
从那叮叮当当的敲击声中
丝毫也听不出来

我的工作也如同这敲击之声

融化到此为止

被你一脚踢下河滩的不是一块石头
而是一块冥顽不化的冰
它是冰
而从脸颊上流下来的冰水却背叛了冰的旨意
如同泪水背叛了眼睛
就退到沉重大海的幕后
汇入暖洋洋的水流
黑嘴鸭从这越变越小的栖息地上前后飞走
那耀眼的白斑最后一闪
冰水尾随着冰块
它终究不能承担起在阳光下反光的重任
这块冰的结局
是完全、彻底融化干净
融入尽人皆知的水天一色的古老境界

但是偏不

这块冰的内核是一块褐色石头

石头上刻着几个字：

融化到此为止

扫帚记事

在我一小块客厅的中央
忽然斜躺着
一把扫帚

我知道那是扫帚
来回踱步的日子
终成岁月
我的脚步曾经踩到过它
我知道那是扫帚

终于有一天
那斜躺着的扫帚几乎将我绊倒
绊倒推动思维
应将扫帚扶起来才对

扫帚靠到墙脚的瞬间
我回头看时
扫帚仍旧倒下
我应该拎着扫帚来回踱步

一个拎着扫帚踱步的人听到了喝令
还不赶快把地扫扫

勤劳诞生了
我从自家室内扫到门口
听到邻居老者在说
楼道终于有人管了

这意思在说
楼道上花盆上的霜
也要精心抖掉

一把扫帚的深意
令我一直扫到门栋的门口

〇一六　又见群山如黛

已经下雪了
我在雪地上涮涮扫寻
准备回首

北风拂送着另一个门栋里一位老者的
叹息：
各人自扫门前雪

红心山芋

周谷堆乡亲
在辣椒悬挂处
用汽油桶铸成的烤炉

炉膛里
红心山芋睡意正浓
浑身火星儿迸发

最初捧到了一颗红心山芋
我以为只能用它来暖暖手心

从这里
走向学校
手都是暖的

○一八　又见群山如黛

然后再握铅笔

因只懂将红心山芋捧在胸前
背后
周谷堆乡亲的呵护声我永远
难忘

趁热吃掉，孩子
红心山芋可以暖身

回头看时，我的老乡
正把那炉火挑得通明
趁热吃掉，火中捧芋
更可暖心

拎着眼镜走路的人

雨靴踏到公共汽车的踏板上
我下车时脚跟的震动引起鼻梁上的眼镜
像休眠的爬虫
活动了一下
时至奔波了一天的晚上
眼镜也有重量

反正天已经黑了
眼镜也不需要再戴在那儿
我把眼镜拎在手上摸索着走路

我陶醉在这无比生动的举止中
我所拎的也是沉重之物
记住这一天晚上

又见群山如黛

白天里究竟忙些什么我已经记不清了
只剩下我拎着眼镜走路的样子
我对我自己看得
很清楚

绘事后素

我家院子里头差点被我抓住的那只蟋蟀
让英俊捕虫少年抓到
我也想要,他将蟋蟀掼到我的脸上
蟋蟀跑掉了
那时,我身上汗衫有点白

英俊少年教我如何捕捉
要学会在白色上面看到黑
石头裂纹,不好好地开裂,此刻却在鸣唱
草尖细长到达露珠,露珠也跟着起哄
我将草丛连根拔起
被踢开的瓦片仍然坚持叫几声
我摔碎瓦片
你们谁是蟋蟀

〇二二　又见群山如黛

　　　从宣传栏上，撕下黑白相间的招工广告，敬请
　　　它往这上面蹦跶
　　　篇幅上有字，它往字堆里逃

　　　当我把纸反过来时
　　　天下蟋蟀没有谁甘愿背后是白

　　　英俊少年好几个　见我高举拳头在跑
　　　就以为我抓住了蟋蟀
　　　他们把我往广场上抬
　　　不要碰他的拳头，少年们在喊
　　　把这个家伙扔到广场，看他还能蹦多远
　　　我无法蹦出空白，回到草丛
　　　我不是虫，我姓墨
　　　当有一个墨氏天空前来帮助我时，天黑了下来
　　　我黑背后也黑
　　　我又回到了草丛，听到蟋蟀鸣唱几声

洗砚观止

初见三江之源
我蹲在水底白云如画的青海湖畔
首先我想以水洗面
我是带着乌黑的笔来到这里
我写诗多年
沉重的心胸像一块墨色干枯的徽砚

我要沐浴
最好让我掉进这无底的深潭
像掉进一片家乡的茶叶
那绿色的茶韵在湖水沸腾时悄然散开
直至让我消失得又淡又白

让我以水洗砚

〇二四　　又见群山如黛

我猜想那个正在湖底睡眠的诗歌女神
定当挥舞长袖
驱散那冥顽不化的沉重墨团　顷刻间
还有那成群的银鱼也会闻讯赶来
啄食剩下的墨块点点

我的秀笔更黑
笔伸向这无限的圣洁之源
它在圣洁里浸泡的时间要更长一些，更长一些
我以洗涤的名义在此洗砚
天地间将无人知晓融化在万顷碧波中的那点黑

忽然有一阵轻盈的波浪
将这浓重的墨团推到了岸上
像是谁用手指捻掉沾在她衣袖上的枯枝败叶
似乎在说：敬请溶化到此为止

如要洗涤
只能以眼跪望湖水
让空灵荡涤你全部的身心

这时,正有一群牦牛散落于湖边
它们以舌卷草,蹄掌踏碎我的那块乌黑的石头

我的徽砚,我的洗涤心愿
直至变为洗涤遗骸
在蹄印里凹陷,被称为掩埋
并且,那遗下的牛粪,也并没有散落湖中
像是告诫
牛粪将变成石头,在湖畔的青草丛中素面朝天
现在我是否敢于把牛粪捧在胸口
遥望太阳也掉进湖里正在洗浴
这青海湖的自在和庄严在于它并不就此也被
染红一片
明天,太阳重新跃起
也必须带走它的全部残红
青海湖的干净比诗和太阳的辉煌都更加久远

守望是怎么诞生的

我蹲在地上
点燃那盘蚊香

我准备站立
忽然在想

虽说现在燃点正常
如果蚊香灭了
我还得重新蹲下来

我就这么蹲着
床那边有声音在问
怎么还不睡觉
你在做什么

我说，我在守望
一声沉重的叹息
床那边飞下来一只枕头
还有线毯

你就在那里过夜吧
我不是在睡觉
我是在守望

枯叶蝶

向枯叶

还有蝶学习

飘荡时刻

它是蝴蝶

睡眠时

它强装成一枚枯叶

向枯叶蝶学习

于我

却承接反了

飘扬时刻

我是枯枝

再加上败叶

梦寐时分

却以为

我就是蝴蝶

独自成俑

我已独自成俑
在秦人兵马俑的序列里
我怀揣
竹简秘要
我已独自成俑

所谓竹简秘要
囊括
我为兵俑般的乡里乡亲
撰写家书

我还为拥盾者
额上描眉
更为持矛将士

头顶浇灌

我已独自成俑
在秦人兵马俑的序列里
成为一尊诗俑

所谓诗俑
陶土构成
业已点滴成尊

又见群山如黛

非如此不可

路过烧饼铺

烧饼的芳香将我席卷

我仍径直向前

你肯定不会认为

我身上没有带钱

我径直地走在

风雨交加的时刻

我仍然向前

这样的时刻

你肯定认为

我身上没有带伞

这就是

人生行为

非如此不可的奥秘

又见群山如黛

今夜的确有风

女孩
在门外的廊柱周围
转了几圈后
竟然不见了
原来今夜真的有风
如同邂逅一个女孩

这细致入微的风曾在高原
那飘荡的铁链被吹得闪闪发亮

塔顶的人
撒出一把纸屑
随鸽群乱飞
风摇响翘檐上的翅膀

此处风铃犹在

风轻轻俯下
使我翅膀下的
一颗鸽子的心脏
柔软的规律
暗夜里散布着
上下跳跃的荧光

今夜的确有风
那缕升腾的蚊烟
依旧扶摇直上
如铁

开镰时刻

何时收割
我私下打听着

我在模仿守望
接下来的人生程序是
我放低姿态
把割下的稻穗
依照亲疏远近关系
依次搂在怀里

然后,我站起来
揩去汗滴
此刻有人在偷偷欣赏我
为了能够站起

我应该把头埋得更低

请问
何时收割
这是亘古不变的疑虑
我永恒地陶醉
其实任何时候收割
都可以

童声有驻

义气在我
已经进入暮年
也确有
真知误读

那天
我留步于
坐落在
红砂石建筑群中央的
那所幼儿园
被冬青树栅栏
所合抱的
童声喧闹处

我往路过的幼儿园

往那堵冬青围墙内

童声喧闹处

投抛一只

玉兔绒球

顿时溅起童声欢呼

我曾以为是我的投抛

引来童声永驻

有一条古训

至今仍在盛行

这就是

铁打的营盘

流水的兵

翻译过来就是

永恒的童声

流水的童心

遵循

鲁迅先生教诲

又见群山如黛

原来如此
一切皆流
无物常驻

雨帘自省

绵绵的细雨
落在
我每天必经之地

门洞里
有一道雨帘
与窗帘的构造略有不同
撩开窗帘的从容
我早已心中有道

我在想
我必须后退一步
瞄准雨帘喘息的时间
在它悬挂

〇四二　又见群山如黛

即将挂断的时刻
我躲过雨帘
即可冲进门内
按照规划好的步履
拼尽全力地
躲避
却成为奋勇向前的迎接

雨滴正好滴落在
我的脑门中央
让暴风雨来得更猛烈些吧
这是一句名言
海燕在躲避风雨的途中
被后人误读为
迎接

忏悔日记

从邻居老乡家
窃来的芦花鸡
正被炭火包围着
炭火殷红
相互偎依
我私下修炼
烂熟于心

我和那位心中也许有数的老乡
都还没睡
我们共同蹲在
打谷场上的
那个碾盘上
各自在想

〇四四　又见群山如黛

正是村庄月光朗照的时光

我惦记那只鸡

该放盐啦

忽然

也许是率先

我闻到了鸡的香味

我一跃而起

想挡住那风

但是

鸡的芬芳正大步疾走

犹如戴着红色羽冠

翩翩少年

骑着白马

在天亮之前

将它被杀害的消息

通知千家万户

正是村庄月光朗照的时候

该放盐啦

还能坚持多久

直　觉

父亲十六岁
就成了八路军
我见过他当八路军期间拍摄的照片
脚旁还真的有盆花

父亲的抽屉里有勋章
餐桌上，他用坚毅的嘴唇
顶开过啤酒瓶盖

为了一本不该看的书
父亲粗暴地动用了拳头
他送我下农村
亲自帮我打背包

我与一个女孩交往

后来出差错

他喝退了，前来质问我的人

夏天

他的衣领依旧扣得很紧

他早晨从不吃饭

父亲生病

哥哥的手在父亲的额前来回搓揉

为此我感到惊奇

甚至于父亲用拳头对待我

我都没这么惊异

我平生第一次

看见有人用手在父亲头上停留

父亲倒霉的时候

大学生们的巴掌、木棍

也曾在他的头顶、面孔上逗留过

但真正令我惊异的是：

〇四八　又见群山如黛

　　他亲人的手掌在他额头上来回抚摸
　　多少年来,那让我深感神秘莫测的艺术直觉
　　就像太阳一样孤零零地照在我的头上

雪白的墙

妈妈
我看见了雪白的墙

早晨
我上街去买蜡笔
看见一位工人
费了很大的力气
在为长长的围墙粉刷

他回头向我微笑
他叫我
去告诉所有的小朋友
以后不要在这墙上乱画

又见群山如黛

妈妈
我看见了雪白的墙
这上面曾经那么肮脏
写有很多粗暴的字
妈妈,你也哭过
就为那些辱骂的缘故
爸爸不在了
永远不在了

比我喝的牛奶还要洁白
还要洁白的墙
一直闪现在我的梦中
它还站在地平线上
在白天里闪烁着迷人的光芒
我爱洁白的墙

永远地不会在这墙上乱画
不会的
像妈妈一样温和的晴空啊
你听到了吗

妈妈

我看见了雪白的墙

不要打听树木的年轮

"我过一会儿告诉你,它们准确的年龄。"
一个因为劳作而气喘吁吁的声音在说

被拦腰切断的树
伐木工数着截面上的年轮
准确地告诉我它已经活了多少年

谁指出那棵树的寿命
谁就是对树的遗体发言
所谓生机勃勃之地
实际上早已一片死寂和空旷

这些文字是那双砍树的手写成的
我胆战心惊地注视着某些生态风景画

注视那些描述文字
我知道，这些美丽的生命早已不复存在

我们指出某地的溪水清澈
是因为我们的脏手被清洗干净而证明那是清澈的
奔走相告的清澈说的是后面已经被弄脏的水
当然，我们的手是干净的
青草、森林、蘑菇都在被赞美的时候
已经提前被埋葬
或者正在被数着"年轮"

我见过茂盛森林身上的文字
森林里幽藏着一个伐木场
我听到了伐木声声

中国，我的钥匙丢了

中国，我的钥匙丢了

那是十多年前
我沿着红色大街疯狂地奔跑
我跑到了郊外的荒野上欢叫
后来
我的钥匙丢了

心灵，苦难的心灵
不愿再流浪了
我想回家
打开抽屉，翻一翻我儿童时代的画片
还看一看那夹在书页里的
翠绿的三叶草

而且
我还想打开书橱
取出一本《海涅歌谣》
我要去约会
我向她举起这本书
作为我向蓝天发出的
爱情的信号

这一切
这美好的一切都无法办到
中国,我的钥匙丢了

天,又开始下雨
我的钥匙啊
你躺在哪里
我想风雨腐蚀了你
你已经锈迹斑斑了
不,我不那样认为
我要顽强地寻找
希望能把你重新找到

○五六　　又见群山如黛

太阳啊
你看见我的钥匙了吗
愿你的光芒
为它热烈地照耀

我在这辽阔的田野上行走
我沿着心灵的足迹寻找
那一切丢失了的
我都在认真思考

在一条伟大河流的漩涡里

我在一条伟大河流的漩涡里喊过
救命
我已不在那声音的下面

开始我的声音只是喁喁私语
和我逐渐下沉的身体纠缠在一起
身体的旁边漂浮着木板
木板上放着默默无闻的面包和盐
一声救命,是我向世界发出的心声
从太阳的舷窗里抖落出一根绳索
迫向声音,迫向这迫于灵魂的语汇
这能够在全世界流行的语言

当救生圈般的云朵向声音的发光之处

〇五八　又见群山如黛

　　围拢过去时
　　我又不在那声音的下面

这是我有生以来第一次绕到父亲背后

这是我有生以来
第一次绕到父亲背后

父亲
你醒一醒
我在为你擦背

我的父亲
一定有好几块脊背

他把带有枪伤的那一块
留给大哥去擦
那块脊背上确有鞭痕
印着背枪的烙印

又见群山如黛

大哥也曾是解放军

而留给我擦的
那一块脊背
就像领土一样留出空白
至今仍清晰呈现出
我儿童时代
爬上父亲脊背所留的沧桑

父亲
我在为你擦背
只保留亲昵处的脚印

这是我有生以来
第一次绕到父亲背后

就像藏匿在帷幕里
我好不容易
才从舞台中央抽出
两条柔软的手臂

小河到有水的地方喝水去了

曾经陪我玩耍的小河到哪里去了
小河留下了它的喘息
正像乌龟的脊背那样被太阳烘烤着
这深深的花纹怎么这么辽阔
小河最后留下的名字叫作"干枯"

小河还留下了我做的纸船
它留下最后一小块圆圆水洼
让我的小纸船在滚烫的鹅卵石旁边停泊
不会觉得太热
小河留下的水洼像眼泪那样却是又大又圆
枯黄的小草正是眼泪旁边的睫毛

小河用最后的湿润捧着小船

〇六二　又见群山如黛

"等着我吧,我到有水的地方喝水去了"

小河到有水的地方喝水去了
有个叫"大海"的地方水堆得比山还高
比天上发脾气就奔腾的云朵还要多
一条家乡的小河在大海的身躯上流淌
我做的纸船要站在小河的背上
告诉来这里喝水的其他小河
我来自谁的家乡

一条家乡的小河正在大海的怀抱里拼命喝水呀
绝对不会像我爷爷喝苦丁茶那样
只是小杯地喝水,还舍不得下咽
我的家乡的小河,它喝水的声音哗哗响
于是,小河像眼泪那样
眼泪喝水越喝越大
水,只有在眼泪里最为晶莹珍贵
它要把喝到的水全部藏在眼泪里
驮上比太阳还要大的、永远都晒不完的眼泪回归

我家门前的小河不见了

小河到有水的地方喝水去了

我家门前的小河不见了

小板凳

向会打仗的人学习
抢占有利地形

是我露天影院的岁月
幸福小板凳之
首选

抢占最佳的观看位置

先是拎着小板凳
在露天电影院里
四下张望

然后是拖着小竹椅

在观众人群中潜行

最后又升格为
我终于在帆布沙发上
落定

是放映员大叔
将我带到
牵牛花般的大喇叭下面说
此处爆炸声最响
如果害怕
可以捂着耳朵再听

我没法腾出手捂耳朵
因为我边吃边听
一堆花生壳
堆放着我童年的香脆

我得出结论
只有太阳下山后的晚上

○六六　　又见群山如黛

看电影的日子最幸福

因为害怕听到枪炮声
剥开的花生粒
竟然忘记送入口中

双手捂着耳朵
花生散落一地
先是看《小兵张嘎》
矫健潜入白洋淀

接着
看《南征北战》里
解放军叔叔的英武
和乡亲们外祖母般的慈祥

小板凳最后
终于被冷落在
我的岁月里

我回过头来再看
小板凳上
仍然放着
那一把纸折手枪
旨在告诫

有关抢占有利地形
我不能永远帮你

我热爱秋天的风光

我热爱秋天的风光
我热爱这比人类存在更古老的风光

秋天像一条深沉的河流在歌唱

当土地召唤我去收割的时候
一条被太阳翻晒过的河流在我身躯上流淌
我静静沐浴
让河流把我洗黑
当我成熟以后被抛在地上时
我仰望秋天
像辉煌的屋顶在夕阳下泛着金光

秋天像一条深沉的河流在歌唱

河流两岸还荡漾着我优美的思想

秋天的存在
使我想起在耕耘之后一定会有收获
我有一颗种子已经被遗忘

我长时间欣赏这比人类存在更古老的风光
秋天像一条深沉的河流在歌唱

蓝色货币

我有蓝色货币
我向这个世界公开我无限富有的秘密

今天,我和迷人的棕榈订婚
我去找银行家
请他欣赏蓝色货币
波浪般的图案上
用中文和世界语印着
信任和友谊

这是未来的货币
要在全世界范围内流行
美元和卢布都无法和它兑换
我拥有它

我敢敲响所有大门

向空间传递

我和心爱的棕榈订婚的消息

应该怎样解释分明

还有很多人

还没有见过这样的货币

而我飘荡的心灵

像晴朗的天空那样自信

我的情侣

我向你公开我无限富有的情意

漫步在通向太阳的超级市场

我选择一粒红宝石送给你

我有蓝色货币

我有始终不渝的爱情

鱼　汤

从医学院的产房里
传出一个著名的选择:
"我想喝点鱼汤"
鱼汤是什么

可能是某种鲜美
是一条鱼沉浸在白色的液汁里

而产妇的思维
是如何滤过她孤独的疼痛
她甚至忘却用眼神去跟踪
被抱到另一个房间
形同苹果的生命
她饿了

想到悬挂在水草丛中游动的鱼

聚精会神

选择了鱼汤

一个著名的对鱼汤的选择

使我震惊

在我的人生里

我说不出这么明白的语言

有无数条意义不明的鱼

游动在我的周围

绕到世界背后

一个早餐词语
也在茁壮成长
放射耀眼的光芒

我绕到世界的背后
终于看见
早餐店

犹如
绕到鸡蛋的背后
仍然是圆

绕到蛋糕背后
仍然是榴梿

我看见

在微型地平线环绕

的地段

赫然屹立着

一个早餐店

霓虹灯标牌

说出一颗爱心的最小

单位

"半个鸡蛋也卖"

半个鸡蛋怎么卖

是不是客人

自带刀具

交钱后将鸡蛋切开

继续和颜摸出

一个滚烫的鸡蛋

早餐店主人

满面春风

○七六　　又见群山如黛

说出原委：

"只要买半个鸡蛋
就可以赠送
鸡蛋的另一半"

小桥
流水
早餐店
朝阳
也跟着抵达
时刻正点

第二辑

端　详

端　详

在忘我耕耘
被我虔诚地摆放在田埂上的
那只黑色陶罐
陶罐内含
稀粥如影
南瓜方正如印

还有荷叶
摆放几把黄豆
喂养亲爱的耕牛
我和耕牛共同商定
泥腿蹚过水田数遍之后
就可享用
各自的早餐

又见群山如黛

只要早餐在那里
我和耕牛看上去就是在犁田向前
我心里明白
都在围着广阔天地打转

田埂上的那只黑色陶罐,终于
悬挂出一根黑豆角
像活着一样在风中飘摇
那只黑豆角
形状鲜亮
滋味很鲜

但广阔天地的生存原则是:
先劳动
后吃饭

是那忘我耕耘的岁月
将我锤炼
从此我变成一个

端详着咸味

就能喝下稀饭的人

蟋蟀与枫叶对弈

因为已经有了
依照"一叶知秋"的训令
而采摘的枫叶
已成为书签

但仍有来历不明
那只凤头蟋蟀
蹦跳到书桌上
触碰我的书签领地

我停止阅读
得出结论
应将它捕获再说

用笔

先画出蚯蚓折骨

向蟋蟀唇边递进

为增强诱饵香味

还用笔画成米粒

所谓坚强书脊

展开硬面两翼

只要猛烈合拢

蟋蟀顷刻间变成

书签

我做出一种与阅读诀别的

姿势

深吸一口气

合上了书

而那张老实巴交的枫叶

仍静卧在我的阅读经验里

〇八四　又见群山如黛

但蟋蟀振翅
却蹦到了窗台上
回眸向我鸣唱

至此我被迫想象
一只拒绝变为书签的蟋蟀
到底能否代表秋天

一只手伸向方圆

恍如
高速行驶的房车
驶进了汉字组成的胡同
它必须保证两点要义
不减速
不碰撞

归根结底
房车走的是线条
我画的是人的线条
所有的前提就是
有一只手伸向了方圆

美术家的透视

〇八六　又见群山如黛

有个支点
我的定神向下
悬置一个重心

一个儿童的初次站立
就是锥划沙
慢慢这个儿童的锥划沙
站住了

儿童不是
仅站在地上站立
他也许要在
高跷上立足
舞动起来

宣纸上出现了
绞笔
如同拎起拖把
在运握的过程中
出现了休止符

停顿、反拧

笔尖在绞杀与反绞杀中

制定了方圆

林荫证道

手持三角旗
沿着清亮弯曲的小河
种下法国梧桐
我的昔日情侣

她的身影
总是落在我的身后
我映在地上的头颅
与她映在
地上的太阳帽曾经相拥

曾记得
头颅猛然回首
倩影也许有感

但是并不后退

这是我秘而不宣的经历

我曾看见

她映在地上的倩影

佩戴蝴蝶结的身姿

与我的身影重叠

一条林荫大道的生平

从树影斑驳开始

终于过渡到树影浓密

直至树影全黑

林荫大道

最终吞噬了

我与情侣的相遇

林荫大道的缔造者

并不缔造爱情

在吞噬所有倩影的

○九○　又见群山如黛

唯一宗旨中
林荫证道无悔

谷 粒

只有怀揣种子的人
才会想到挖掘

天底之道
挖掘是为了埋藏
但是挖掘却
意外发现了
昔日的埋葬

昔日的坟茔
如同饱满的谷粒

龙舟息鼓

双桨漂在水上
或者是
沉浸在港湾里

到底是
龙自横
还是舟自横

到底是神
在休息
还是
我在休息

龙舟息鼓

待后生

划桨队列中

屈原铸魂

秃头歌女

那位屹立在
穿衣镜里面的
秃头歌女
是一尊
正在旋转的
落地电风扇

她将吹送出的清凉
拂到我身上
如飘扬的长发
将我席卷

秃头歌女
只有在歌唱的时候
才勇于生长出她的忘情和秀发

瓜熟蒂落

瓜过于沉重了
蒂承受不了它的重量
瓜如果有心理活动
它首先得到了
一个承受重量的承诺
瓜才愿意长大
承诺的松弛
类似于手一松
瓜便掉落了下来

又见群山如黛

珍藏在召唤

整个下午
我将亲密朋友
遗留在
我的剃须刀上的胡须
仔细地分辨出去

柔软胡须
肯定是我
硬茬胡须
却是友人之命

到底是朋友有好心情
请我保存胡须
还是朋友健忘　把胡须

遗留在这里

是否要手写秘要还于朋友
我已收藏胡须
或者请他
将遗留物认领回去

分辨等待下文
或是珍藏
或是抛弃

剩余的动作

我敲门
里面说等等
我猜她正忙着
套上长裙

然后,她用一个
套上长裙后剩下来的动作
开门

她的手
在腰间忙完之后
伸向我

我看不到她在

开门前到开门后的
完整动作
我只读到
一个与开门前姿态
毫不相关的尾声

她的手
坚持着伸过来
只能像伸过来
一首诗

我的热爱所在

一只羊
被无限驱赶到
栅栏的边缘

栅栏
永远无法接近
头也永远无法偎依
仿佛羊已不存在了

爬上围墙后
疆域竟如此辽阔
有人把我从围墙上揪下来
然后狠狠地抛出很远

落下来的地方
成了我的热爱所在
从此,一切变得漫无边际

垂露双鱼

宽阔的宣纸上
摆放着砚台
我已洗砚观止

宣纸上
移走砚台后
重新摆放的
玻璃缸里
有鱼

两条小鱼
展开裙裾
首尾相接
团团旋转

终成玉立

在我离开
羊毛毡书案片刻后
蹦到宣纸上的
两条小鱼
几经挣扎
成四个汉字
垂露双鱼

垂露双鱼
象征着我的汗珠
偶尔也代表着
草尖上的水滴

垂露双鱼
在汉字成语的汪洋大海
仅是一条小鱼
或是水滴

河如果不流动

似乎
在哪里听说
人不能两次踏进同一条河流
只清楚眼前
这条河流叫包河
怪不得
我洗完脚以后
才开始左顾右盼
认不得回家的路了

鞋子掉落之处

班长递给我一双新鞋
它被我小心翼翼地夹在腋下
我的腰弯向木桶时
新鞋就掉到热气腾腾的木桶里面

我接到的命令是
一颗米粒也不允许掉在地上
我对着木桶拍打新鞋
将鞋窝里的米饭往木桶里倒

金灿灿的米粒从山东到来后
军鞋就变得润湿、结实、厚重
它和鞋子生活到了一起

自此
小米饭和鞋子
就成了我的供奉之物

一根烧焦的木桩上落着白雪

一根烧焦的木桩上落着白雪
白雪,将我去年留在它背上的指痕
勾画出来
我想问这使我细细凝望的颗粒
究竟是什么
这时风将一张别有树条的叶子吹到
栅栏上要我签名
这报春的通知书上没有提到木桩上的事情
那不是雪
我们全看错了
现在已经过了欣赏昔日落雪的时候
远方有春天
将伴随钟声而来
当我把那张报春的通知挂到另一户人家的

又见群山如黛

栅栏上再走回庭院时
被钟声震落在地的正是木桩上的
颗颗白雪
直到被脚踏黑

断　裂

1

在这座城市的背面
我初次见到你

我的脸上
已经失去了眼镜
只有眼镜，为了一个它所渴望的方向
在我呕吐时向水池爬去
它在跌断脚后
背叛了我
所以，为了能够看清
往往要凑得很近

又见群山如黛

2

我蜷缩在这里
蜷缩在仿兽皮的衣领里
装作打量月台
往嘴里偷偷摸摸塞进橘瓣的女孩
我正闭上眼睛欣赏你

当你俯向茶几
你必定是把橘子藏在膝盖间
你把橘核吐到手上
这些潮湿的小玩意
在茶几上被排列得整整齐齐

我突然期望
你的每一个橘瓣里都有核
在我不明去处的旅途上
橘核，能一直排列下去

我的理想就是蜷缩在仿兽皮的衣领里
谨慎地透露出一点气息
此时正值深秋

3

我也将这样
这个裤兜里装有一份伪造的病历
一只盛过蜂蜜的玻璃瓶

已经有很长时间没有想到应该生病
谁能说，我适合得什么样的病

不想工作
翻了一大堆书以后
总结自己：仍然不想工作

我也将那样
取出伪造的一滴端到护士小姐的眼底
她将在显微镜下

对我有所怀疑

探索流浪的奥秘
我的日子，有时也像谎言一样难听

4

我有一个黑暗的出处
我的任何期冀
都在那里寻觅

我有一个黑暗的出处
过时的钞票
擦错别字的橡皮
还有——
我已经学会在太阳害羞的时候
伪装成唯物主义常识和性的知识
我不再害羞
这些全来自一个黑暗的出处
我跟黑暗有关

记录我昔日心跳
说不定也会背叛我陈旧的病历

我撩开床单
它们仍然躺在阴暗的角落
那布满絮状灰尘的床底

我有一个黑暗的出处
我跟黑暗有关

5

实在没有什么声音可以听取
在去一片清洁草坪的路上
乘客们全都沉寂，没有什么声音可以听取

是谁，忽然把一句未成形的话吸到嘴里
脸朝向窗外，让它在嘴里停顿一会

实在没有什么未知数可以想象

一一四　又见群山如黛

我是被迫想象
这句话的归宿
是吐向窗外
还是被他重新咽回胃里

我们的方向
是一片清洁的草坪

戴红袖章的同志在冷风里裹紧大衣

脸朝向窗外
形成的归宿
谁都要想入非非

6

被我撕碎的诗句
如果我能从车窗内伸出手
将纸片洒向任何河面
变为凌乱浮动的鸭群

或者让好奇的牧童
拾起纸片
看看城里诗人们的秘密
这就是我
抛弃昔日情感的含义

结果,被我撕碎的诗句
被随意地洒落在我的房间里
可以称为情感垃圾
而我,是一个制造垃圾
从来不倒垃圾的人

7

我曾经爱过

眼眶里饰有一枚假眼的女人
那深褐色、温柔的眼睛

我曾经想象过

又见群山如黛

在真睫毛底下那扇用陶瓷做成的心灵的窗户
在我想深入时轻轻关闭

我曾经忧郁
在一个冬天的早晨,她把它装进眼眶
还很冰凉的眼球

我曾经见过
那个眼球被阳光所照耀
她装作受不了刺激,流出了泪水
而她真的害怕阳光
我吻过她
那深褐色、温柔的眼睛

8

你让我猜测
那位懒得弹琵琶的女人向我
展现的是前胸还是后背

她随手拾起一张裂开的报纸
从最里面的房间出来
她说她要找塑料指甲

在一个沉重的琵琶旁边绕来绕去

你让我猜测
她的塑料指甲
怎么会丢在我的氛围里

但是，确实有过一个朋友
曾经在藤椅上剪过指甲
他把剪下的部分
小心翼翼装进信封
我猜测，他可能要把信封带回去
写下剪指甲的日期
而他嚼着橡皮筋走的时候
这些纪念品
却遗忘在我的房间里

又见群山如黛

你让我猜测
从什么时候起,学会了恶心

9

我的同龄人
你们都在哪里
模拟乡下笛声
揭示你在穷乡僻壤混日子的吹笛人
我在听到你悠长的吹奏之后
我想到同龄人在晚上喝得很稀
腹部胀痛的滋味

曾经为一个条件反射而自卑
我喝了很多漂有胡豆的乡下浓汤后睡去
笛声,诱惑我躲向草堆
确实存在一条要避开所有女人的小径

而如今
把印有人的尿痕的棉被

在阳光大好时抢占绳索晾晒出去
让红色的鳄鱼夹
在绳子上死死咬紧
那个在梦里闭眼睛月光流畅的男孩
肯定有着细长的形体

暂时离开圆孔似的回忆
你从一个条件反射中感到了失误

10

就像他把一口痰啐在我脸上
我怎么也抹不去

你们强迫我害羞
这么多岁月,我怎么也抹不去

生活气息
几乎要我的命
强装健美

一二〇　　又见群山如黛

在舞场上混过一阵
又怀念起装了一只假腿的自己

所谓失恋
不过是她抢先一步把我抛弃

受到恐吓的人
才学会了爱美

战战兢兢
等待一切
事到临头拼死顶住
——无论如何也要站立

哎 哟

洗脚女人的方向传来一声"哎哟"
她的脚在木桶里发愣很久
将我照耀
我也呆如板凳
晒台上正在啄食的麻雀寻找声音源头
我甩开书,伸长了脖子回到"哎哟"
不许乱猜
还不赶快把这哎哟般的红肿抱在怀里
但我抚摸
报以冷气
"好舒服啊"
她指向洗脚残影
我注意听着
哎哟的蝴蝶已经被贴到那个洗脚的木桶上

又见群山如黛

我的玛利亚,你若为王,我将昭示
哎哟和洗脚就是压在幸福头上的两条红杠

其他说法都不是
麻雀听到后飞走了,我触摸水
我在篡改前夕
木桶里的水烫得她的脚好疼

福　祉

就像古老故事里撒谎的孩子那样
我曾经用童声惊呼
失火啦

迎面而来的声音在问
赶快报告，火在什么地方
火，还能在什么地方
就在一堆杂草上

我要让四处奔跑的人拼命猜测
火苗在杂草间燃烧的形状
那壮观的救火场面即将来临
被我踩住的帆布水管伸向远方
连水都坚硬得如同钢铁一样

一二四　又见群山如黛

但是
现在火苗太小
你们过一会儿再来吧
我怎么好意思郑重报告

火苗正在杂草上恣意玩耍
你看那冲天的火光至今仍未让谁看到
因为你得交代出着火的地址

杂草还不是着火的地方
根本不是
我已变老
这寂静之火此刻正照耀在我的心上
我指向火的福祉
你们快来吧

木屐少女所见

是谁大笔一挥
秋天到了,树干上有一片枯叶准备飘

向枯叶靠拢
全神贯注学习秋天的面貌

我穿秋装,令其额头痱子限期滚蛋
我用上了粉

隐瞒我是夏天过来人
包括剽窃朝日

多少年前我伏在田埂吸进一口
至今尚未舍得吐出

一二六　　又见群山如黛

剔除嘴角青草
坐在树干上
像板结的围巾于脖颈处多绕了几圈

我要向枯叶学习
在湛蓝至无的床单上翻身

枯叶咯咯笑着在飘
从树干上往下跳，碰落几枚刺果

你们先落地
我飘荡一会再说

落地声响
引发木屐少女争着踩那几枚刺果

我也能进入秋天吗
我应该站在那橘叶脱落之处

那个比肚脐还要小的地方

往下跳

要站准了，我就会飘

水中捞琴

庄周
业已乘鹤仙去
肯定不慎
将素琴落入水中

从此泉水叮咚
琴声在万丈深渊中
如诉

水中捞琴
或许是庄子的托付
我要成为一个水中捞琴的人

将细长的竹竿

探入水中
率先支起一叶小舟

难以分辨
到底是泉水叮咚
还是琴声如诉

庄周的素琴不慎
落入水中
至今仍在弹奏

我沿着溪水寻觅
逆向人生
终于消失在烟波浩渺里

猛回首
高山流水如同竖琴
竟在晴日朗照处

量体裁衣

先用柔软的卷尺
量量我的肩宽

更用硬邦邦的直尺
轻戳我的后背

裁缝的意味是
人在尺寸的衡量里
必须站直

接着是
那耀眼的直尺
在锦缎上翻飞
意思是

量体裁衣

裁缝的手指
在锦缎上掐出印痕后
只听"刺啦"一声

这就是裂锦

天上闪电在学习裂锦
它回到天上之后
撕裂云霞万朵变彩衣
彩衣的分寸缜密
应是为太阳作嫁衣

太阳回到裁缝的窗前
裁缝亮出直尺
欲为太阳量制新衣

太阳的肩膀
就是广阔的地平线

说"玉"今夕

玉遗落在烂石堆里
难以找寻
只好粗心地将
一堆烂石头
概括为玉石

露水曾经
从玉石上滚过
玉已不知去向
但露水已被颂为
金风玉露

有一枚勋章如玉
挂在树上

成为玉树情态高傲不逊

当我们谈及玉时
她立刻做亭亭玉立状
在旁倾听

以上金口玉言
是不是你我写真

热爱原理

听说前方路段真的被堵
所有房车戛然停止
我的心思在这里默立

我的心思是
从车厢里
抛出几个人影

向堵车处前方奔去
意欲说理
意欲表达义愤填膺

甚至愿献
内心魄力和力量

帮助搬运堵车之物

但是前方传来消息
在此处堵车一天以上
纷乱人群立刻变形

我猛然相信
只要此种局面
存在一天以上
人的鬼心思就是
尽快安排堵车的生活

在此过夜成为必然
生活必需品的名称
格外醒目
炊事用具、过夜枕巾

今晚的吃食
是火腿还是甜玉米

一三六　　又见群山如黛

安排生活的盘算
由此开始将备用轮胎放平
打造睡眠用床

躺在轮胎上
还要再想如何给远方情人
发送想念她的消息

堵车一天以上
我就首次给手表
安装上雄鸡报晓的声音

堵车风波
首先创造了我的愤怒
而愤怒源于热爱

烙印记事

一位健壮的
穿中山装的庄稼汉
猛然扯开胸前的衣襟

瞬间纽扣乱蹦
一时还不知
他拉开前襟
要我们观看什么

我们没有看到
任何异样之处

他却悠悠地转过身
又撩起的确良衬衫
这下我们看到了

又见群山如黛

他宽阔的后背上
只有我们从书上读到过的
地主欺压人民的罪证：烙印

我们都想抚摸
烙印的真迹
但这位庄稼汉像
收藏宝物一样
重新遮掩

他的脸部
由愤悱转为祥和
我曾问：
"这烙印如何在后背上保存这么久？"

这个庄稼汉听了有些生气：
"这怎么会轻易就消退哩！"

他的手指伸向后背的伤疤处说：
"这伤疤阴天就有些疼，我要好好将它培育。"

大自然,你为什么不躲起来

大自然啊
你为什么那么大
你为什么不躲起来

你藏在
一幅因为美丽
而密不透风的风景画里
舒朗成为过去

你埋藏在
被野鸭点缀过的
黑色土地里
泥土躲在陶罐里

我的休息地
在那堵断墙上

我滚烫的面颊
贴在昨天斜视过的
一处红沙石建筑的墙面上

日环蚀

我在阳光下生长
我体形健美时想观看太阳

我收割麦子时想观看太阳
照最古老的方法

我的像宽厚叶子的手放在额上
我仍然想看清太阳

我的祖祖辈辈也眯缝着眼睛
却常使他们热泪盈眶

于是,沿着轨迹
一轮月亮向太阳靠近

一四二　　又见群山如黛

慢慢地挡住它的光芒
像一个光环,太阳呈现出它
温柔的形象

慢慢地我能抬头睁开眼睛
像观看一颗麦粒那样
形体饱满的太阳正在灌浆

从祖先那里,我继承着
对太阳的热爱,面容情不自禁
朝向温暖的地方
大脑像地球充满岩浆般的思想

重新羞涩

到一个新鲜的地方去
重新羞涩
这是老地方
会见时的表情已经陈旧

朝向风和灰尘
我的面颊果汁很浓
翻转过去
苹果的背面却半生不熟

我只能长老
却永远无法长熟
就像冻疮刚好
手背上又滋生痱子一片

一四四 又见群山如黛

变换季节
我一点也不老练

诗友箴言举隅

1

一位骨科医生
抖动手中胶片
对坐在走廊上的病人说
X光透视
没有发现媚骨
人是有媚骨的
医生却没有发现
这是何故

2

准备服刑人员

看詹警官正在掂量
手中手铐
于是他的手腕被铐上
没有想到他竟然说
谢谢
手铐是热的

3

螺号
武装民兵正在
吹响的那种
被视为冲锋号
螺号的制作材料是
爬得慢的活物
海螺
变成冲锋号

第三辑

椅子思辨史

椅子思辨史

被月亮照耀的冰凉的椅子
摆放在我家庭院

凝视这张椅子
迄今有四种说辞
成为椅子的全部筋骨

这是一张椅子
这像是一张椅子
这不像椅子
这不是椅子

这是椅子
这是创世说

又见群山如黛

这像是一张椅子
这是赞誉

这不像椅子
这是怀疑

这不是椅子
这是否定

椅子的全部命运
在"椅子"命题的周旋中
展开生死轮回

被太阳烤着的这张椅子
上面摆放着
一支笔和短腿眼镜

其中面对这张椅子
说它像是椅子
最令人惊奇
却是挑衅

蚯蚓折骨

蚯蚓折骨
已成定局
现在我要说
蚯蚓折骨重新开始

用作垂钓的蚯蚓
在垂钓者的晚餐边
静卧
好像在说
蚯蚓无骨
早已与崭亮的渔钩
相依为命

终于有一天

一五二　又见群山如黛

渔钩的尖刺
猛醒
蚯蚓有骨
已被折起

我是一个在深层土壤里爬行的人
几经锋利的犁铧
终被切割成
几段
如同简历

蚯蚓折骨
终让犁铧锋芒
和扶犁者呈现出笑的裂隙

铁砣抱真

现在试想
一只铁砣暂时离开了秤杆
倔强地蹲在那

我在想
我滚烫的手掌
攥紧铁砣
我的手掌上该有多少
持之以恒的热量
才能将铁砣焐热

但是还有一个逆向思维的取向
如果铁砣命根是至冷
铁砣上的水能凝结成霜

一五四　　又见群山如黛

　　铁砣欲将我的手指
　　冻得僵直
　　它该倾吐
　　多少冰凉

　　充足理由律
　　朝着两片花瓣的方向
　　寻道

紧箍水之说

水桶里的水
开始往外流

有一道水流
在我的前方湿漉漉地往前走
我跟着它
看水流爬上了台阶
我好歹看出了
水向上蠕动时的艰辛

那在台阶上停留片刻
是水桶碰撞台阶时
溅出的水星
也许不是

又见群山如黛

水桶里的水不断往外流
流进一道门缝后
再也没有出来
我也同这道水流的真迹
闭门不出

所有人都以为
水是漫上台阶
但是水的真实行踪是
水是爬上去

推敲新说

将每一天咀嚼成岁月
再将岁月无条件交给时光
再将时光锚定为
永恒
即是诗魂

何谓推敲
一位凡心者永远只知推门
终于迎来了门轴破损
回归者轰然有声

另有一位敲门老僧回寺
敲击声引出幼童开门
但睡意尚存

一五八　又见群山如黛

幼童出迎的迟缓时刻
敲门声渐急
门轴动弹一下　旨在提示
僧人回家
只需轻轻推门

推敲新意
源于推敲者
能否将推或敲的举动
坚持到底
守住本心

智慧庄园

拟用一根金线
环绕一幢智慧庄园

你们
亚当和夏娃的子孙
在伊甸园里吞食
智慧果后

那枚金苹果
已被子弹洞穿
光芒夭折
如同断线泪珠

雕出一柄火炬

又见群山如黛

自称是自由女神的后裔
遵循铁剑化为犁铧的
定律
是否还在犹豫

天使安琪儿
羽翼呵护下的娇儿
被酒神浇灌成
前仰后合形状的人们

坚冰已被击碎
融化是否到此为止

当有一根金线
飘拂在所有国度的耳畔时

我是炎黄传人
深谙经纬大义
毫无纠结之心

经纬大义

就是天工开物

与大地联姻

编织辽阔的地平线

东方智性

懂得要向太阳学习

太阳坦荡如砥

传授喷薄而出的真功

我的太阳庄园

已经放射出无数根金箭

奋勇振翼

衔一根金箭

回归

已有一条金色飘带

飘扬于那幢智慧庄园

我智慧故我在

笛卡尔之辩

他的确用了很长时间
苦口婆心地陈述
言说必须简单的道理

如同他自己
梦见自己睡着了
梦中的他
梦见自己在想
如何才能永恒地沉睡

我沉睡故我在

哺乳说

一群怀抱
红苹果的
氏族公社儿女

红苹果
像自己的娇儿

这就是
诗歌移情之说的
最初显形
但是移情说的前端
还不是将苹果搂在怀里
如同搂抱娇儿

一六四　又见群山如黛

最为谨慎的说法是
氏族公社的母亲
正为红苹果
哺乳

哺乳行为的
太初之期
不是哺乳自己的儿女
而是哺乳红苹果

化自然为国度

这是浩瀚的大海
这是茫茫的高原
这是一会儿湛蓝
一会儿云潭翻滚的天空

瞬至是太阳

劈开岩石
让雷达诞生

这座被命名为使命的
三坐标雷达
正以看不见的雷达波
扫描着世界的版图

一六六　　又见群山如黛

将雷达博天揽地的品质
和雷达直达经纬的真功
融化在一个企业的血脉里

中国雷达
自它诞生之日起
三十八所
就承载着一个使命传奇

如果你已被深深吸引
它更能深刻地改变你

无形
不被世人所知
在世界屋脊
在岗巴拉山
已经不需要战士
再艰难地值守

但有雷达
在深呼吸

伪装成火焰的人

如果我说
战士的面庞
像红苹果
你恐怕表示赞同
但内心深处却是无动于衷

如果我说
战士的身姿
像灌木丛
承接枪林弹雨的扫射
扫射就是洗涤
你甚至也会默认其形容
但仍然无动于衷

一六八　又见群山如黛

现在我说
战士的生命像一团火
你也许只是在听
我如何继续往下说

有一位战士
奉命潜伏
已经成为
伪装成火焰的人

战士在向火焰学习
怎样活着
全部要义在于
以身殉道
终成火焰

盐的成长史

你不仅具有咸味
而且你真的是一粒盐
沉浸在
晶莹透亮的饱和盐水里
这就是溶化到此为止

充足理由律

外面风很大
请把窗户……

因为外面风很大
我没有听清楚下文

吩咐我的人
是我最亲密的人
她在遥远的地方向我传达

因为外面风很大
我顺理成章地在想
应该赶紧把窗户关上

外面风很大
我的柔弱的仙人掌
已被大风折断

还有
我是个知热怕冷的诗人

但是在地平线那边
滚动着雷霆
字句分明：
外面风很大
请把窗户打开

拨字传承

共和国诞辰
是拨开乌云
见太阳

智慧庄园筑巢
是拨开蓝天
见寰宇

母　语

我用我们民族的母语写诗
母语中出现土地、森林
和最简单的火
有些字令我感动
但我读不出声
我是一个见过两块大陆
和两种文字相互碰撞的诗人
为了找水
我曾经忘却了我留在沙滩上的
那些图案
母语河流中的扬子鳄
不会拖走它岸边的孩子
如今，我重新指向那些象形文字
我还在沙滩上画出水在潺潺流动的模样

我不用到另一块大陆去寻找点滴
还有太阳

我是活在我们民族母语中的
一个象形文字
我活着
我写诗

留在硬壳外的抒情

持枪的男人
在雪地里奔跑
患了腹泻后
他只能拖泥带水前行

他的后背装满
大车、产妇、诗人和艺术家
这些都被勒紧成一个整体
坚硬的壳留在最外面
它是利刃和步枪

包裹非常沉重
男人倒下了
苦难就暴露出来

抒情如同忧伤

在雪地里被拖得很长很长

痛觉始末

一场莫名的厄运
将降临到羊的头上
它仍悠闲自得地吃着青草
还不时抬头向高远的蓝天望去
这时候我伸出一只手
让它的舌头愉快地舔着
此时，羊是自由的
这只羊咀嚼着自己的
人格的胜利

我是主人
我的目的
不是让它懂得恐惧
恐惧与否对于羊没有意义

又见群山如黛

我杀掉它,再过一会儿我将杀掉它
对于死亡的含义
这位可爱的羊因为不是思想家
它当然不知道
我用刀抹它雪白的脖子
它的"理论深度"仅局限于一阵痛觉
它的四肢不断地抽搐
因为它感到痛了
就动弹了起来

红砂石建筑群

红砂石建筑群
是我身体裸露的部分

这里还没有来得及铺上草坪
那位黑裙子似的钢琴家神情迟疑

我帮你抬钢琴,女主人
你住在 10 楼,但不用担心这段距离

把这沉重的钢琴抬到楼上去
黑色高贵的皇后,此刻我是你的奴隶

因为我不去想象,钢琴在楼梯转弯处
将发出合理碰撞的声音

一八〇　又见群山如黛

　　　　我只是极力想象，在键盘上一掠而过的手
　　　　被放到一个丰厚叶子似的嘴唇那里
　　　　在我流动的人生里
　　　　我从没有给钢琴做过奴隶

　　　　把这沉重的钢琴抬到楼上去
　　　　抬到一个可以自由弹奏的空间去

　　　　红砂石建筑群，是我扭曲自己的地方
　　　　梦幻般，红砂石建筑群

敲击人的叩问

是心动催发了满坡的鼓声
是否从我胸口扔出了带响声的红色石头
引来年轻的后生和美丽的婆姨
和绸带一起开始扭动
腰间兼有鼓声

我是心动的持有者
自古就说心动推举旗帜飞扬
你听那鼓声震得我心头酥痒
酥痒像一群绵羊爬上了山冈
鼓声渐缓,又像羊在舔盐

眼看就要满山散开
现在我要咬紧牙关让心动加速

一八二　　又见群山如黛

让它们痛得满地打滚
击鼓在我
现在你观看的龙飞凤舞正是我的心绞痛
更有婆姨绯红
代表着我的喘息人生

我们所说的那么一种心头很累
从击鼓人前仰后合的姿态里得到证明
鼓声开始细碎
那么我们就休息一会儿

让这心动的形态重新回到我的心窝
我想请你们把鼓声平息
我要把你们的姿态全部收回

但那鼓仍然在响
因为你今日听到的
是昨日我们敲击的回声
明日的响鼓
你将无心听到

你的胸膛里装的是拳头

是一种可以伸展又收缩的坚硬石头
刚才你看到我们都在前仰后合

不是你所想的我们正接近最后的跌倒
这姿态是我们击鼓人本来的神态
你的心动会最终停止
我们的鼓声还在

婆姨不会跟你走，仍在我们的腰鼓队伍中
我们从没有学习过停止
不懂得如何照顾你的心
你实在很累

我们只能敲敲打打走得很远
到有鼓声的地方去
至此，我方知
我根本不是击鼓人

列夫·托尔斯泰

在晚年,他希望做一个缝鞋匠
进入——针线的缝合之中

因此,在我幼稚的脑海里
我曾认为街角的任何一位鞋匠
都躲在家里,写过厚的书
现在我想,人不能
到晚年才想到做鞋匠
这时他已年老眼花,缝不了几针了

原来,托尔斯泰只是接近了常识
接近一个朴素的思想
他是为一个境界而不停地缝合
作家最终的结论,或者身体力行

在做一桩谋生的事

如同峰顶的火焰那样,在那里
诗意般地燃烧。托尔斯泰也在燃烧
在那个缝鞋匠的内心
在淡泊和默默无闻的缝合中

说"剑"

利剑的作用是用来刺向铠甲后面的胸脖
在护心镜破碎之前
利剑永远活着的使命尚在期待

你试想
墓室主人为什么要把一柄利剑殉葬在身边
不，利剑并不具有殉葬的使命
它埋藏在地下也在梦想着杀机

一柄没有喋血的剑
大概不能叫作剑

剑的真实饱满需要被杀者与它共同完成
现在这个任务仍没有完成

我们看到的所有的剑

均洋溢着一种僵持的风度

从什么角度可以证明

剑的使命尚未完成呢

我们从现在生活的紧张心态中得到佐证

活在这个世界上的剑

什么时候达到了目的它才愿意静卧其间

剑刃眯缝眼睛

剑刃上的血比剑刃的光亮和剑柄上的

流苏更为重要

真正意义上的剑

应当磨损得消失殆尽化为一团云烟

我们应从剑痕上大致猜测

世界上曾经存在过一柄剑

它是什么模样

我们只能依据猜测画出

如同对龙的刻画那样

一八八　又见群山如黛

所以一柄我们可以看得见的剑

一柄以出土文物自居而又自称尚未生锈的剑
还没有真正体现出它的幻影特质
因为它触手可摸

反倒证明它不是由幻影而来
我活在许多貌似出土文物
但并不是出土文物的剑的周围
至此你说
怎样才能结束一个剑的时代

园丁叙事诗

一堵绿色矮墙将工厂生活区紧紧环绕
环绕着先后被主妇收走的床单,晚餐前夕的
生活区气息
在球形松柏旁边,那个正在捆绑扫帚的人
形象很忠诚
应当从远处看

现在一切有关园丁的形象他都懂了
他穿着宽松的衣服
与青草的颜色搭配在一块成为生活区一景
他躬下身
向着滚到冬青墙下的那只足球
和爬满了栅栏的孩子
在递还足球之前,他笑眯眯地要孩子们念

一九〇　又见群山如黛

牌子上的字
他剪下多余的花

分赠给每一位幼小的听话者
是的,我是园丁叔叔

应当从远处看
他对着从晒台的柱子上悬挂下来的一根绳子
吆喝
当绳子试图垂向花坛时,又被拉了回去
他开始喃喃自语
现在他怀里夹着一块木板,他往回走
他想请宣传科的熟人写上几个字
警告窥视他的花木的人
他还要领一把铁锹和一只水桶
像是领回自己的儿女
一根黑色的橡皮管子通向停水的地方
跟外人说为了自由灌溉
其实他无所谓期待
从背影看

有关园丁是什么样他都懂了

他娴熟、宁静

有人把这一切看在眼里

没有人知道他的来处

他像一个生僻的怪字那样

黄昏的太阳映照着他蹲下来拔草的动作

他像字，有一种令人难懂的意味

辉煌的工厂生活区门楼上贴着天然的大理石

首先是米饭一样的生活开始膨胀

开始出现花坛、草坪和剪草机

像还缺一件道具，于是又跟着有了

修剪草坪的人

但他不是天然的园丁

当办公楼的窗口有丝幔偷偷拉开

时间和地点

揭开一切形象之谜

他是一个不间断地填写表格的人

一九二　　又见群山如黛

每一个季节，他都要在空白的一行填满黑色的
灌木
某年某月在何处
他曾是寄生虫
日常生活驱赶过他
他仍然没有驱赶过在打谷场上啄食的鸭群
于是他爱把多余的米撒出去
撒在他待过的地方
清洁工人、特约编辑
教科书上的人、流浪者、踩过红地毯的人
旷工者
他是碎片
拼接在一块仍是碎片
生活区家属打碎了暖水瓶

在花坛周围
他拾取碎片后还给主人

别人的意思是不用还了
仍有零星的光斑散落在草丛之中

他是词语

园丁制服上的条条皱纹

从近处看

皱纹在折磨之处

但他不是天然的园丁

他是由演化而来

也许不是

只要像花木一般生长的生活在等待

剪去向下的枝条

园丁的形象会永远存在

他背着装有杂草和浮土的筐子

往垃圾堆方向走去

他走过人们的交头接耳之声

这时

枯萎的草往往又抽出细长的新绿

摆动在柳筐的边缘

他并不为此惊动

当有许多人围住他时

他只得当众喝下浇灌花木剩下来的水

一九四　又见群山如黛

他们才互相说
工厂生活区来了一位园丁
以前没有见过

诗言笨

那只脚探上墙头

前面雪地就是我家的灯了

我保存着昔日翻墙的一溜烟身姿

墙上黑影把我席卷

雪夜回家

那个黑影却说：我已经驮不动你，你自己爬吧

脚探上了墙头，鞋面亮了

手抓砖面令碎屑散落

翻墙生烟，敏捷恍如贼的翻墙岁月

散尽光了，手没着落

我摸摸脸颊

不是为了揩汗

一九六　　又见群山如黛

我恨脸上眼镜像爬虫一样却装作不在爬
我也呼吁能得到一种向上爬的力量
力量在哪
我曾经蹲在自家屋顶
观看从罐里跑出来的盐

力量是咸，只准用嘴去舔
筷子也被折成两段
咽到肚里红色的酱
吐到袖口直至发黑
我的掌握
至今尚未晒出咸的光芒
从此成为端详着咸味就能吃饭的诗人
劲道终于不在手上

诗言笨
笨出围墙上利爪踩到脚背
我的躯体，你承诺过支撑或是牵挂
我脑袋的正反两面都不嫌重
此刻仅抓住墙上枯草扔向遥远处

像落到肩上那样遥远
我的笨字悬挂
现在把棉帽先送上围墙
不要乱喊力量,力气够用就行了

棉帽,热气腾腾的小山坡
在头顶焐暖和了再取下
我吸口烟,火星弹到那个尖刺旁边

今夜翻墙回家
我要坐在围墙上休息
北风将棉帽吹冷,棉花还是热的

最后一课

小朋友们
上学路上
喝完牛奶后
奶瓶应该丢到什么地方

垃圾箱
回答如刀切割的一样

完全正确
但身边如果没有垃圾箱

那就将奶瓶交给妈妈
妈妈就是垃圾箱

如果，妈妈不在身边
那怎么办

那就将奶瓶塞进书包
等放学后再说

但有一个童声在说
不用等

垃圾箱到处都是
老师，你也说过
大漠孤烟直

我的确说过
那个时候
燃烧的牛粪
叫作狼烟
狼烟到处都是

现在

我背着牛粪
也许并不孤独
灵魂稍有迸散
背上就是枯骨

为石头而活

天经地义

首先定是山上

巨石与碎石的滚落

滚向潜伏于草丛

意欲猎豹

如猿鲜明

或许是有

一块带有

棱角的石头

落入先民手中

先民开始凝视

这一块石头

二〇二　　又见群山如黛

既然能将我砸伤
如果投抛出去
恐怕不只是溅起
深潭水花

我在捕豹
飞向它的
恐怕该是石头
如果石头碰撞石头
该是怎样
这就是石斧意念的原意

在石头与石头的
有意碰撞中
诞生了石斧

有一块染有
先民血迹的石头
在先民的脚下停止滚动
先民立即俯身低头

表示朝拜

朝拜者
甚至偷窥了一眼
石头已经偎依在火塘边

朝拜者在想
我是否也能躲到
石头里面去
供同伴们低眉

先民们
留在石头上的血
被火焰烤熟以后
终显人形

由此佛像的起源
被雕刻者再造

究竟是活着的石头
还是为石头而活

女画家之说

自由市场上
她说她只要买葱
她硕大的篮子里
只躺着几棵青翠

我们都这样想象
她家里的砧板上
正安详地睡着一条鱼

谁都可以逆向思维
自由市场上的姑娘
首先心头一片翠绿

但是姑娘在说

我只要葱

安放在窗台上

为了我的绘画静物

修辞学遭遇

如果说
我像蜜蜂
这是语言的
普遍修辞说

没有料到
蜜蜂真的在
我的头顶上
叮了一口

我的修辞学
只好改造成
我的诗行像蜜蜂

蜜蜂盘旋入诗
将带刺的诗句
如同至亲
全都掠走

现在只剩下
我头顶的红肿在说
我是蜜蜂

精卫填海新说

神鸟精卫填海
嘴里衔的肯定不是石头
而是像石头一样的
盐

盐
是大海之母
是高山峻岭之父

当大海盐水饱和
也就是盐不可再溶化
晶莹的盐
就在大海底层堆积
终可填海

盐到底从哪里来
盐是精卫终生号叫声中
呕心沥血的结晶所造

我这个诗人
是否也是
像石头的一粒盐

采菊东篱下新考

陶渊明
采菊东篱下的
采菊行动
东篱在闪光

今考
东篱究竟是
指南山脚下的
一处荒废之地
还是诗人
已经相识的
一户种菊人家

诗人到底是
独自采摘菊花

还是种菊人家
向他亲切地
赠送一束金菊

当年实际情况是
种菊人家终于
看清是陶渊明后
终于呈上所赠

陶渊明恐怕是
擅自采菊
南山历历在目
诗人与南山对视
反而迫出
陶渊明的悠然和镇定
悠然长存于世的真理
是陶渊明采菊后
猛然抬头看见了南山
而南山凝望陶渊明
时光更久